Analyse de l'œuvre

Par Irina Arroyo Arias

L'instant présent

Guillaume Musso

lePetitLittéraire.fr

Analyse de l'œuvre

Par Irina Arroyo Arias

L'instant présent

Guillaume Musso

lePetitLittéraire.fr

L'INSTANT PRÉSENT

UNE BOUCLE TEMPORELLE INTERMINABLE POUR UN AMOUR ÉTERNEL

- **Genre :** roman
- **Édition de référence :** *L'instant présent*, Paris, XO Éditions, 2015, 373 p.
- **1re édition :** 2015
- **Thématiques :** voyage temporel, amour, énigme, malédiction, disparition, dépassement de soi, existentialisme

Jeune interne en médecine et ayant toute la vie devant lui, Arthur Costello se traine dans un quotidien morne et répétitif, loin de sa famille et de son père insensible à son existence : Frank Costello. Ainsi, lorsque ce dernier vient spontanément à sa rencontre et l'invite à une partie de pêche, Arthur y voit le signe de la possible réconciliation tant attendue. Il ne se doute pas une seconde du piège tendu par son père et dans lequel il est naïvement tombé : *24 Winds Lighthouse*, le phare familial. Plongeant dans les méandres de cette bâtisse, Arthur s'engouffre dans la gueule du loup et voit son corps disparaitre, se décomposer et être projeté dans un nouvel espace-temps. Se réveillant dans un endroit et à une date inconnus, déboussolé, le jeune médecin ne tarde pas à se rendre compte que cet intense phénomène lui a fait faire un bond dans le temps d'un an. Dès lors, la malédiction de *24 Winds Lighthouse* peut enfin s'abattre sur Arthur et le condamner à vivre les 24 prochaines années de sa vie en 24 jours.

Dans une course contre la montre haletante, Guillaume Musso nous livre un récit dont le principal ennemi est un être insaisissable : le temps. Ainsi, ce roman fantastique haletant s'intéresse à des problématiques humanistes et philosophiques en tentant de retracer le parcours d'un homme en proie au temps qui passe inéluctablement, au destin et au sens de la vie.

GUILLAUME MUSSO

ÉCRIVAIN FRANÇAIS

- **Né en 1974 à Antibes (Nice)**
- **Quelques-unes de ses œuvres :**
    - *Et après...* (2003), roman
    - *La Fille de papier* (2010), roman
    - *Central Park* (2014), roman

Après une carrière d'enseignant en tant que professeur de sciences économiques et sociales, Guillaume Musso entre en littérature en 2001 avec son premier roman intitulé *Skidamarink*. Cependant, c'est la publication de son deuxième roman, *Et après...*, qui le propulse sur le devant de la scène littéraire et médiatique, lui permettant ainsi de rencontrer un succès commercial indiscutable avec près de 2 millions d'exemplaires vendus, traduits dans plus de 20 langues. Depuis lors, l'auteur publie chaque année un nouveau roman ; il s'agit traditionnellement d'une narration centrée autour d'un personnage séjournant à New York, destiné à résoudre un mystère et impliqué dans une relation amoureuse infortune. À de nombreuses reprises, Guillaume Musso interroge en filigranes des thématiques telles que la mort et l'après-vie, les relations entre les humains, le dépassement de soi, voire l'essence de l'humain.

Nombre de ses romans ont eu des adaptations cinématographiques comme *Et après...*, *La Traversée*, *Central Park* et *L'Appel de l'ange*. De plus, il n'est pas rare de retrouver le nom de cet écrivain parmi les auteurs les plus vendus en France. Traduits dans plus d'une quarantaine de langues, les romans de Guillaume Musso participent au rayonnement culturel français dans le monde et font de lui un des auteurs français les plus lus à travers le globe.

RÉSUMÉ

DE LA CURIOSITÉ À LA MALÉDICTION

Jeune interne en médecine, Arthur Costello passe ses journées à l'hôpital et dans les bars, tentant de combler sa misérable vie. Ayant peu de liens avec sa famille, il vit discrètement dans l'ombre de son père, Frank Costello, médecin réputé mais père médiocre qui ne prend contact avec son fils que deux fois par an. Si Arthur semble s'accommoder de cette relation, il n'en demeure pas moins surpris lorsque son père arrive chez lui à l'improviste et le convie à une partie de pêche. Suspicieux, Arthur accepte cette invitation et se retrouve finalement à s'entretenir avec son père sur l'héritage que ce dernier lui lègue. Pressentant que sa fin de vie est proche, Frank prive Arthur de l'ensemble de ses possessions à l'exception du vieux phare *24 Winds Lighthouse*, acquis par la famille Costello il y a plusieurs générations. Cependant, à la signature du contrat, le médecin émérite pose deux conditions : ne jamais chercher à vendre le phare qui se doit de rester le bien de la famille Costello et ne jamais essayer de forcer la porte cimentée du sous-sol. Arthur est réticent, mais signe le bout de papier avant de partir pour *24 Winds Lighthouse*. Bien qu'ayant donné sa parole, sa curiosité l'emporte et il détruit la porte condamnée. Pénétrant dans la pièce sombre, il remarque qu'elle est vide avant qu'un courant d'air ne la referme. En une seconde, le corps d'Arthur se liquéfie et disparait.

Il se réveille nu dans une église, où les regards et les cris des fidèles accompagnent son réveil. Bientôt, la police débarque et finit par arrêter un Arthur totalement déboussolé à la fin d'une course-poursuite avec le jeune interne. Désormais appréhendé, Arthur est placé dans une cellule et a l'autorisation d'appeler un membre de sa famille. Il contacte son père, persuadé que cette mésaventure est l'œuvre de son intrusion dans la pièce interdite. À la suite de quelques minutes téléphoniques, Frank envoie son avocat afin de faire libérer son fils dont la disparition pendant un an l'inquiétait. Dès lors libéré, Arthur rentre dans son appartement en encaissant le choc de ce voyage temporel : il a vécu un an de sa vie en l'espace de quelques secondes, celles de la disparition de son corps. Heureusement, cette expérience surnaturelle est terminée et Arthur peut enfin reprendre le cours de sa vie là où il avait été suspendu.

SAUTS TEMPORELS OU COMMENT TROUVER LA FEMME DE SA VIE ET SON GRAND-PÈRE DISPARU

Après avoir tourné la clé dans la serrure de son appartement, Arthur est pris de vertiges et sent son corps se décomposer. Il cligne des yeux et se trouve en face d'une femme, nue, dans sa douche. Arthur n'a pas le temps de réaliser ce qui lui arrive ; la jeune femme crie et lui assène un violent coup avant de sortir de la douche en courant et d'appeler les voisins à l'aide. Voilà donc la première rencontre entre Arthur Costello et Lisa, la femme de sa vie. Étant parvenu à s'enfuir et errant dans les rues de

New York, le vagabond essaye à nouveau de contacter son père, mais apprend rapidement que ce dernier est décédé. Tout comme lors de son premier voyage, une année s'est écoulée en quelques secondes et l'absence temporelle d'Arthur lui a fait manquer les derniers instants de son père. Le jeune interne se rend rapidement compte qu'il est victime d'un phénomène fantastique dont il ignore tous les codes et décide de partir à la recherche de la seule personne encore vivante capable de l'aider : son grand-père paternel, Sullivan Costello. Lors de leur dernière conversation, Arthur a appris de son père que Sullivan avait disparu soudainement pendant une vingtaine d'années avant de prendre contact avec son fils et lui intimer l'ordre de ne jamais pénétrer dans la pièce du sous-sol, dans le phare *24 Winds Lighthouse*. Finalement, Arthur trouve la trace de son grand-père dans un hôpital et discute brièvement avec lui ; ce rapide échange informe Arthur que son aïeul a, lui aussi, été la victime de la malédiction du phare, mais qu'il aura de plus amples informations s'il aide Sullivan à s'évader de cette prison hospitalière. Ayant besoin d'aide et après avoir fait quelques recherches, Arthur trouve Lisa dans le bar où elle officie en tant que serveuse pour payer ses cours de théâtre et lui propose de se faire passer pour une infirmière le temps de libérer Sullivan. En manque d'argent, la jeune étudiante accepte et tous deux réussissent à libérer Sullivan avant qu'Arthur ne disparaisse une troisième fois.

DE LA DIFFICULTÉ À FAIRE PERDURER L'AMOUR

Un nouveau voyage, une nouvelle année passée. Comme l'a dit Sullivan à Arthur, chaque voyage temporel survient toutes les 24 heures et les mois écoulés varient entre 8 et 15. Endormi dans le lit d'un studio, Arthur découvre bientôt un corps dans la baignoire, les veines des poignets tranchées. D'un rapide mouvement, il extirpe le corps d'une jeune femme inconsciente et lui prodigue les premiers soins avant l'arrivée des secours. Il s'agit de Lisa. Conscient qu'il ne peut rester que 24 heures dans cette nouvelle année, Arthur va rapidement voir son grand-père avant d'aller rendre visite à Lisa à l'hôpital. Cette dernière dort lorsqu'Arthur lui laisse une lettre qu'il a écrite à son attention, lui intimant de tenir bon et que la vie vaut la peine d'être vécue. Malheureusement, juste avant de disparaitre, le jeune interne a le temps de voir son grand-père, qui l'avait accompagné, déchirer sa lettre.

Lors du voyage suivant, le geste de Sullivan est expliqué. Arthur apprend qu'il ne s'agissait pas d'une trahison, mais d'une action visant à le protéger. En effet, comme lui, Sullivan a pénétré dans la pièce maudite de *24 Winds Lighthouse* et a vécu 24 ans en 24 jours. Pendant ses nombreux sauts temporels, chacun d'une durée de 24 heures, il a rencontré une femme dont il est tombé amoureux et qui, contre toute attente, a su lui rendre son amour. Ainsi, ils se sont aimés pendant plus de deux décennies et ont même eu une petite fille. Lorsque le dernier voyage est enfin arrivé, Sullivan est parti à la recherche de sa femme qui ne l'a pas reconnu. Elle était mariée à un autre homme et sa fille n'existait pas. Devenu fou de désespoir, Sullivan veut épargner à Arthur la souffrance de devoir reprendre le cours de sa vie normalement, tout en voyant ce qui a été construit pendant 24 ans s'évanouir, comme si cela n'avait jamais existé. Malgré cet avertissement, Arthur décide de forcer le destin et déclare son amour à Lisa. Débute alors une passion entre les deux personnages qui s'étend au fil des années pour elle, au fil des secondes pour lui. De cette union naitront un petit garçon et une petite fille qui grandiront loin de leur père, « l'homme qui disparait ». À chaque nouveau voyage, Arthur est fou de joie de retrouver ses enfants et sa femme, mais est malheureux de ne pas pouvoir les voir plus souvent, de manquer de précieux moments avec la famille qu'il n'avait jamais eue enfant. Alors que le délai des 24 années touche bientôt à sa fin, Lisa s'éloigne d'Arthur, ayant du mal à supporter cette situation qui s'éternise. Elle finit par fréquenter un écrivain et emménager avec lui. Furieux, Arthur tente de reconquérir sa femme et finit par entrer dans l'appartement de ce nouveau couple. Il y rencontre le fameux écrivain et tombe nez à nez avec son image. Ainsi, il est l'écrivain et le mari délaissé. Ne comprenant rien et croyant devenir fou, Arthur se jette sur son double et le poignarde.

RETOUR À LA RÉALITÉ ET À LA CASE DÉPART

L'histoire d'Arthur laisse place à une série d'articles de journaux informant le lecteur de la réalité derrière le personnage du jeune médecin. Il semblerait que ce dernier soit un écrivain reconnu et qu'il a épousé Lisa rencontrée dans un bar. Ils ont eu deux merveilleux enfants et excellent dans leur carrière respective. Cependant, Arthur a eu connaissance de quelques rendez-vous entre sa femme et un homme ; il était persuadé que cette dernière le trompait alors qu'il s'agissait en fait du propriétaire d'un phare où leur famille avait l'habitude d'aller en été : *24 Winds Lighthouse.* Lorsqu'Arthur confronte Lisa sur cette tromperie, une dispute éclate entre les deux et Lisa décide de partir seule avec les enfants pour le phare. Malheureusement, un accident de la route tue les deux enfants tandis que Lisa tombe dans le coma. Face à cette terrible perte, Arthur sombre dans la dépression avant de choisir de se faire interner ; après être sortie du coma, Lisa fait une tentative de suicide. Dans sa chambre d'hôpital, une psychologue s'entretient avec Arthur et l'incite à écrire, persuadée que la mise par écrit de ce traumatisme aura un effet cathartique. De retour dans la vie civique, l'écrivain roule jusqu'au phare et s'y installe ; il y écrit l'histoire de sa vie jusqu'aux récents évènements : sa jeunesse, la publication de ses premiers livres, la rencontre avec sa femme Lisa, son succès littéraire, la naissance de ses enfants, la mort de son grand-père Sullivan et la disparition tragique de ses deux enfants ainsi que le malheur profond dans lequel il se trouve actuellement. Nous comprenons donc que la malédiction du phare ainsi que toute l'histoire fantastique qui en découle sont nées de l'imagination d'Arthur Costello, auteur reconnu. Ce dernier a incorporé dans son récit des éléments de sa vie réelle comme l'existence de Sullivan, le métier d'actrice de Lisa, leurs deux enfants et leur disparition. Alors qu'il est endormi, Lisa rentre dans la maison et, de manière hasardeuse, trouve le manuscrit qu'elle lit. De cet écrit nait un dialogue où Lisa comprend enfin les sentiments de son mari. Ensemble, ils décident de s'aider à surmonter ce drame et de continuer à vivre.

ÉTUDE DES PERSONNAGES

ARTHUR COSTELLO

Personnage principal de *L'instant présent*, peu d'informations nous sont fournies quant à son physique ; seule sa couleur de cheveux est mentionnée : brune. Jeune interne dans un hôpital, Arthur est âgé de 25 ans au début du récit et semble avoir un physique quelconque. Alors que les voyages temporels augmentent, quelques descriptions sont faites de son visage. Après cinq ans, il a perdu tous les traits enfantins qu'il pouvait avoir pour laisser place à un visage plus ferme. Alors que le terme des 24 années approche, Arthur est proche des 50 ans et a un visage fatigué, avec des traits marqués et quelques cheveux blancs. Lors de son premier réveil, il a presque réussi à semer les policiers à sa poursuite alors qu'il était complètement engourdi ; nous pouvons supposer que sa condition physique est supérieure à la moyenne.

S'il semblait désespéré, exsangue et passif lors de ses premières années de médecine, la malédiction du phare aura un rôle déterminant dans l'évolution de sa personnalité. Rapidement déboussolé par les nouveaux évènements, Arthur a suffisamment d'intelligence pour mettre en place quelques stratégies de survie : il contacte son père qui a suffisamment de ressources pour le libérer de prison, entre en contact avec son grand-père pour avoir un repère dans son nouvel environnement, prend soin de se munir de vêtements chauds et de documents officiels quelques minutes avant de disparaitre afin de commencer son nouveau voyage de la meilleure manière possible, etc. Cependant, si son esprit analytique est un atout certain, Arthur arrive péniblement à nouer des relations sociales et à les faire fructifier. Lorsqu'il aborde pour la première fois Lisa dans le bar et qu'elle l'éconduit, il ne réussit pas à interagir une nouvelle fois avec elle. Lors de leur deuxième rencontre, il lui offre une somme d'argent importante pour qu'elle l'aide à libérer son grand-père de l'hôpital et, voyant ses réticences, souligne qu'elle a besoin de cet argent afin d'éponger les dettes engendrées par son compagnon, un artiste toxicomane. Ayant baigné dans un milieu familial dénué d'affection, Arthur n'arrive que difficilement à interagir avec les personnes et supporte très mal les situations conflictuelles. À plusieurs reprises, il est incapable de formuler correctement ses pensées et ses sentiments. Il est persuadé de ne pouvoir faire confiance à personne depuis ce jour où, lorsqu'il était âgé de 5 ans, son père lui a promis de le rattraper s'il sautait du lit et, une fois Arthur dans les airs, a fait un pas de côté sans toucher son fils qui s'est écrasé au sol.

Arthur fait parfois preuve d'égoïsme, notamment lorsqu'il fait fi de l'avertissement de son grand-père quant à sa relation avec Lisa. Fou amoureux, Arthur vit une histoire d'amour avec la jeune actrice et a deux enfants avec elle qu'il ne voit pas grandir. Conscient qu'au terme des 24 voyages, toute sa vie s'effacera, Arthur occulte cette vérité à sa femme et ses deux enfants tout en étant horrifié lorsqu'il se rend compte qu'ils connaissent leur destin.

ÉLISABETH (LISA)

Jeune actrice âgée d'une vingtaine d'années au début du premier voyage d'Arthur, Lisa n'a pas droit à de nombreuses descriptions physiques dans le récit bien qu'il s'agisse d'une belle jeune femme. Lors d'un de ses premiers voyages, Arthur remarque qu'elle a une frange et un très fort caractère.

Si Arthur est de nature tempérée, Lisa a une personnalité affirmée. Alors qu'Arthur se permet de critiquer sa relation avec un artiste ayant des problèmes de drogue, Lisa n'hésite pas à lui crier dessus, le traitant de connard et lui jetant sa bière au visage. Cette honnêteté est un des traits de caractère de la jeune femme puisque, tout au long du récit, elle dira à Arthur le fond de sa pensée sans langue de bois. À de nombreuses reprises, elle lui fait part de la position difficile dans laquelle elle se trouve, la douleur que lui cause son absence et la difficulté d'avoir une vie sociale alors qu'il peut apparaitre à n'importe quel instant uniquement pendant 24 heures. Malgré tout, Lisa est de nature joyeuse ; les jours qu'elle a passés auprès d'Arthur étaient pour elle un bonheur et leurs deux enfants font d'elle une mère heureuse et épanouie.

Si peu de descriptions physiques existent de Lisa, Arthur souligne à plusieurs reprises sa beauté notamment auprès des autres hommes sur lesquels Lisa a besoin de tester son pouvoir de séduction. Cependant, nous sommes en droit de nous questionner sur la pertinence d'une telle remarque puisqu'elle est formulée dans un contexte particulier. Arthur retrouve Lisa dans un restaurant, le jour de la Saint-Valentin, en compagnie d'un autre homme. Lui demandant une explication, Arthur ne croit pas Lisa lorsque cette dernière lui indique qu'il s'agit du producteur pour lequel elle veut travailler. Déçu, Arthur exige qu'elle passe la soirée avec lui, ce à quoi Lisa s'oppose. Arthur devient donc incontrôlable et est persuadé que son erreur a été de faire confiance à Lisa et leur couple.

SULLIVAN COSTELLO

Père de Frank et grand-père d'Arthur, ce riche industriel est un homme plein de vitalité et doté d'un grand cœur. Interné pendant plusieurs années dans un hôpital, le vieil homme apparait à Arthur comme absent, éteint. Cependant, sa sortie et le retour à la vie active font de lui une nouvelle personne. À chacun de ses voyages, Arthur est frappé par la vitalité qui émane de Sullivan dont l'âge n'est trahi que par son visage. Véritable dandy, Sullivan aime prendre soin de ceux qui l'entourent. Alors qu'il prend Arthur pour un simplet lors de leur première rencontre, il veillera rapidement à ce que son petit-fils ait son adresse et son numéro de téléphone afin qu'ils puissent se retrouver à chaque voyage temporel. Sullivan donne de judicieux conseils à Arthur et s'assure qu'il possède en permanence une somme d'argent importante sur lui. Parfois, sa gentillesse le conduit à prendre des décisions douloureuses, notamment lorsqu'il déchire la lettre d'Arthur adressée à Lisa pour les préserver de leur destin funeste ou qu'il avoue à cette dernière sa mort imminente. Malgré la disparition inéluctable de Lisa et de ses enfants, Sullivan a passé les dernières 20 années de sa vie à s'occuper de sa belle-fille puis de ses petits-enfants ainsi qu'à mettre de l'argent de côté afin de leur offrir le confort matériel qu'Arthur ne pouvait leur donner. Dans ses derniers moments de vie, Sullivan adressera un dernier avertissement à Arthur, soucieux de l'avenir de son petit-fils, une dernière preuve de l'amour inconditionnel qu'il porte à sa famille.

FRANK COSTELLO

Médecin réputé, Frank est un père médiocre et absentéiste. Le seul avantage qu'Arthur aurait pu tirer de cette relation est d'ordre moral. Lorsqu'il était âgé de 5 ans, Arthur était réticent à l'idée de sauter du haut de son lit alors même que son père lui promettait de le rattraper. Après de nombreuses hésitations, Arthur saute, mais se fracasse par terre, son père l'ayant sciemment laissé tomber. Choqué, l'enfant regarde Frank qui lui conseille de ne jamais faire confiance à personne. Ainsi, Frank apparait comme un homme cruel qui n'a jamais aimé Arthur. Cependant, le peu d'informations que nous avons sur ce personnage est dû à Arthur qui, au fil des voyages, se recueille sur sa tombe et semble enfin le comprendre. Frank a fait le choix de n'aimer aucun de ses trois enfants afin qu'ils ne deviennent pas sa faiblesse. Désireux de n'être que le seul maitre de sa vie, ce père a décidé de n'avoir aucun talon d'Achille ; pire encore, il se sert d'Arthur pour savoir ce qui se cache derrière la porte du sous-sol, à *24 Winds Lighthouse*. Conscient du danger et de la malédiction, il espère secrètement que son fils brave l'interdit et l'informe de sa découverte. Ainsi, Frank n'a aucun scrupule à sacrifier Arthur.

CLÉS DE LECTURE

L'INSTANT PRÉSENT, UN ROMAN FANTASTIQUE ?

Alors qu'Arthur est projeté dans un nouvel espace-temps en quelques secondes, un an s'est écoulé. Affolé, il ne comprend pas comment sa présence dans une pièce vide du sous-sol de *24 Winds Lighthouse* a pu lui faire faire un bond dans le temps d'un an. Alors que le jeune interne vivait dans un monde en tout point semblable à celui du lecteur, sa soudaine infortune ne peut pas être rationnellement expliquée. Cette boucle temporelle maudite apparait comme un élément fantastique qui vient perturber la monotonie de la vie d'Arthur. Cependant, pouvons-nous considérer que *L'instant présent* est un récit fantastique ?

Il apparait clairement que ce saut dans le temps et dans l'espace n'a rien de naturel, ni pour Arthur ni pour le lecteur. Dans son essai *Introduction à la littérature fantastique* (Todorov 1970), le théoricien de la littérature Tzvetan Todorov nous met en garde contre l'utilisation abusive du terme « fantastique ». En effet, une distinction fondamentale doit s'opérer entre le fantastique et le merveilleux. Si dans les deux cas, le surnaturel fait irruption dans une narration ayant un cadre réaliste, les éléments surnaturels sont rapidement acceptés et intégrés par les personnages du récit merveilleux. Le cours de l'histoire suit son évolution sans qu'une attention particulière soit accordée aux éléments surnaturels. Au contraire, dans un récit fantastique, les personnages sont horrifiés par les êtres surnaturels survenus ; ils essayent de les rejeter et de les maintenir hors de leur vie. Leur présence inopportune est vue comme quelque chose d'impossible et difficilement acceptable. Lorsqu'Arthur fait son premier voyage, il est complètement déboussolé et sombre dans une crise de panique en ne sachant pas ce qui lui arrive. Ces voyages temporels sont de l'ordre du surnaturel, mais le jeune médecin voit la disparition de son corps au bout de 24 heures comme une expérience angoissante et physiquement impossible.

Todorov divise la veine fantastique en deux pôles. Le premier est le fantastique-merveilleux où les éléments surnaturels sont, comme dans la composante purement merveilleuse, acceptés à la fin du récit. Ainsi, Arthur est horrifié et angoissé à l'idée de devoir faire ces voyages, mais finit par les supporter et à les préparer suffisamment bien pour ne pas devenir fou et vivre une histoire d'amour avec Lisa. Lors des quatre derniers voyages, sa présence dans l'espace-temps dure moins de 24 heures et, dans un premier temps affolé par cette réduction drastique, Arthur accepte rapidement cette modification du contrat, ne voulant pas perdre plus de temps auprès de ceux qu'il aime. Le second type est le fantastique-étrange où les éléments surnaturels ont une explication rationnelle à la fin du récit. Dans *L'instant présent*, la malédiction de *24 Winds Lighthouse* s'explique d'une manière peu attendue par le lecteur ; nous pourrions presque dire qu'il n'y a pas de réelle résolution, mais plutôt une disparition de l'énigme. En effet, les voyages temporels d'Arthur ne sont pas surnaturels, mais simplement fictifs ; ils sont le fruit de son imagination. Dès lors, nous pouvons retrouver ces deux composantes du fantastique à l'œuvre dans le roman de Guillaume Musso. La présence de ces deux caractéristiques enrichit le récit, bien que l'invalidation de la temporalité du récit fictif créé par Arthur soit nécessaire pour que les deux fantastiques puissent exister. Cependant, il n'est pas inconsidéré d'imaginer que le grand public qualifie le roman de Guillaume Musso de fantastique en cela que les évènements, à priori réels, vécus par Arthur ne peuvent qu'être surnaturels et ne jamais exister rationnellement dans le monde du lecteur.

L'INSTANT PRÉSENT, AUTEUR-MODÈLE OU AUTEUR EMPIRIQUE ?

La plupart des romans de Guillaume Musso offrent au lecteur un dénouement surprenant. *L'instant présent* ne déroge pas à la règle puisque, plongé dans un récit fantastique et énigmatique, le lecteur apprend finalement que le personnage d'Arthur existe réellement dans une réalité vraisemblable à la sienne et qu'il n'a jamais été victime d'une quelconque malédiction. Ainsi, le lecteur est surpris par ce final et quelque peu déboussolé par la tournure des évènements. Cet état de confusion à la lecture des dernières pages de *L'instant présent* peut se comprendre à la lumière des travaux d'Umberto Eco dont les idées sont regroupées dans l'essai *Lector in fabula* (Eco 1985). Selon le sémioticien, chaque texte est en réalité un « tissu de non-dit », c'est-à-dire un ensemble d'éléments narratifs qui ne sont pas explicitement exprimés en surface, par des mots. Il s'agit d'éléments que le lecteur doit restituer, réactualiser à l'aide de sa logique et de ses connaissances sur le monde. Ainsi, lorsqu'Arthur exprime son soulagement à l'idée que le cycle temporel touche à sa fin, le lecteur comprend qu'une ellipse de plusieurs voyages a été introduite par Guillaume Musso. Ces manquements auctoriaux poursuivent un objectif stylistique ou esthétique. Si la participation active du lecteur est nécessaire dans n'importe quel écrit, *L'instant présent* incite le lecteur à participer à la trame narrative de manière active. En effet, tout comme Arthur, le lecteur découvre les péripéties du jeune médecin et possède les mêmes informations que lui concernant son nouvel environnement. Nous voulons savoir ce qui va lui arriver et, comme Arthur, nous gardons dans un coin de notre tête les possibles indices menant à la compréhension et à la résolution finale du mystère de *24 Winds Lighthouse*. Guillaume Musso met en place toute une série de stratégies afin que le lecteur ne puisse pas directement deviner quel est le secret derrière la malédiction du phare. Cependant, notre état de confusion final, lorsque nous nous rendons compte qu'il n'y avait aucun réel saut temporel, est dû à une dualité propre au récit : le lecteur modèle et l'auteur modèle.

Il s'agit d'une double situation où le lecteur et l'auteur auront chacun une image de ce que sera l'autre.

D'une part, Guillaume Musso s'imagine quel sera le lecteur de son roman ; il s'agit d'un lecteur-modèle. Projetant quelles seront les déductions d'un tel lecteur, Guillaume Musso met en place des stratégies narratives afin qu'il ne puisse pas déduire la fin de son roman à l'aide de ses connaissances et de sa capacité de déduction.

D'autre part, le lecteur essaye de déceler les stratégies de l'auteur et en fait un auteur-modèle. *L'instant présent* est un roman sous-tendu par ce rapport de force où Guillaume Musso met en place une énigme que le lecteur voudra déchiffrer avant les dernières pages. Cependant, en mettant en scène le personnage d'Arthur, complètement perdu et étant un narrateur interne, le lecteur s'identifie malgré lui au jeune médecin. Dès lors, le lecteur suit les aventures d'Arthur au sein de la diégèse en étant persuadé que ce qui lui arrive est réel bien que fantastique. Le lecteur imagine Guillaume Musso en tant qu'auteur-modèle. Cependant, par des stratégies textuelles, celui-ci pouvait anticiper les mouvements du lecteur et savait que ce dernier était persuadé qu'une résolution au mystère allait être dévoilée dans la réalité « réelle » d'Arthur. Dès lors, lorsque le lecteur se rend compte que Guillaume Musso l'a « piégé » en lui faisant croire que l'histoire qu'il lisait était réelle (dans la diégèse), la confusion est totale. De plus, Guillaume Musso ne scinde pas son récit en deux parties indépendantes ; le lecteur découvre que les évènements survenus lors des 24 voyages temporels (la mort de Sullivan, la tentative de suicide de Lisa, la disparition des enfants, etc.) sont des éléments réellement vécus par Arthur et qui lui serviront de matériau à l'écriture de son roman cathartique.

Si ce pacte tacite est renouvelé à la lecture de chaque roman de Guillaume Musso, un de ses fidèles lecteurs aurait sans doute pu avoir quelques soupçons quant à la mise en place de l'univers fictionnel. En effet, à de nombreuses reprises, les personnages des romans de Guillaume Musso ne sont pas faits de papier ou n'évoluent pas dans un monde fantastique.

L'INSTANT PRÉSENT, UN RÉCIT EXISTENTIALISTE ?

« On a deux vies et la deuxième commence quand on se rend compte qu'on n'en a qu'une. » En mettant dans la bouche de Sullivan le célèbre enseignement de Confucius, Guillaume Musso inscrit son roman dans une thématique philosophique incontournable : celle de la vie et de la liberté. Lorsqu'Arthur se lamente sur son triste sort après quelques voyages, son grand-père lui répond par cette pensée phénoménologique et l'incite à voir son existence présente comme une occasion de renaitre, d'accomplir tout ce qu'il désire. Dès lors, Arthur est invité à ne pas se laisser enfermer dans la boucle temporelle, mais à l'exploiter.

Dès lors, ne pourrions-nous pas y voir les indices de la pensée philosophique existentialiste de Jean-Paul Sartre ? Dans *L'existentialisme est un humanisme* (1946), Sartre élabore une pensée nouvelle qui s'oppose fondamentalement à la thèse déterministe selon laquelle chaque humain et chaque destin sont déterminés dès la naissance par une série de facteurs biologiques, sociaux, culturels, politiques, etc. En d'autres termes, l'homme ne serait pas réellement le maitre de ses actions et de son avenir, mais totalement conditionné par son environnement. De nos jours, aucun consensus n'est définitivement établi dans la communauté scientifique quant à la pertinence et aux limites d'une telle conception sociologique et philosophique. Cependant, dans les années 1950, Sartre formule son célèbre axiome : « l'essence précède l'existence ». Aux antipodes du déterminisme, l'existentialisme place l'humain, le sujet, au centre de son existence et en fait l'unique démiurge de son destin. Ainsi, l'existence d'un sujet survient sans l'entacher de valeurs prédéfinies quelconques ; il échappe aux facteurs précédemment cités. Son existence débute en tant que sujet vierge, devant encore pleinement se construire. La construction de son essence se fera au cours de son existence, à travers les choix qu'il prendra en étant responsable. Dès lors, à chaque nouvelle décision, l'essence de l'individu se modifie jusqu'à se figer à sa mort ; le sujet n'étant plus capable de prendre consciemment des décisions.

Dès lors, il apparait clairement que *L'instant présent* nous livre le récit d'un homme en proie à une crise existentialiste. Lorsqu'Arthur est piégé dans la boucle spatiotemporelle, ses premiers voyages sont catastrophiques puisqu'il ne sait pas quoi faire. Afin de se sortir de cette mauvaise passe, il demande de l'aide à son père et désire plus que tout retourner dans son ancienne vie monotone. Quand Arthur comprend qu'il est victime d'une malédiction dont il ne sait rien, il se tourne vers son grand-père afin d'obtenir des informations quant à ce qu'il vit. Pendant une grande partie du récit, toutes les actions d'Arthur sont orientées vers un objectif à court terme : rentrer chez lui, libérer son grand-père, trouver de l'argent, sauver Lisa, etc. Arthur ne considère pas les 24 voyages comme une chance et subit véritablement son infortune. Cependant, lorsque Sullivan lui fait remarquer qu'il a deux vies, Arthur porte un nouveau regard sur son existence et désire prendre son destin en main. Il s'engage dans une relation avec Lisa et prend la décision de faire vivre cette relation malgré ses années d'absence. Lors de la naissance de ses deux enfants, Arthur prendra des décisions cruciales afin de maintenir cette vie de famille fragile. Toutes les décisions du jeune interne serviront à un projet commun : celui d'une vie de famille. Se détachant de son histoire familiale et du traumatisme que son père lui a infligé enfant, Arthur est celui qui mène la barque de son existence et qui construit son essence, notamment en faisant confiance à Lisa.

À la fin du récit, lorsque le couple perd ses deux enfants, tous deux veulent se donner la mort. Il s'agit donc de la suspension de l'essence et de l'existence. Cependant, dans un ultime effort, Lisa propose à Arthur de franchir cette épreuve ensemble, ce qu'il accepte. Ainsi, une nouvelle vie s'offre à eux par un choix responsable, bien qu'elle soit plus douloureuse. Il en résulte un choix fait consciemment, de manière responsable et libre.

PISTES DE RÉFLEXION

QUELQUES QUESTIONS POUR APPROFONDIR SA RÉFLEXION…

- Peut-on considérer *L'instant présent* comme appartenant uniquement à la veine fantastique ? Présente-t-il des caractéristiques propres au merveilleux ?

- Dans les récits fantastiques, les êtres surnaturels inquiètent les personnages. Arthur peut-il être considéré comme un être surnaturel ? Comment réagissent Lisa et Sullivan lorsqu'ils voient Arthur disparaitre sous leurs yeux ?

- *L'instant présent* a-t-il un cadre diégétique réaliste ? Si oui, quels éléments le constituent et quel est son objectif poursuivi ?

- Comparez *L'instant présent* avec *La fille de papier* de Guillaume Musso. Quels sont les points communs entre les deux textes ? Le recours au fantastique est-il semblable ?

- Est-il possible pour le lecteur d'établir le portrait exact de l'auteur ? Dans un récit à énigme, le lecteur est-il condamné à découvrir la résolution du mystère à la fin de l'histoire ? Argumentez.

- L'identification à Arthur Costello est-elle une stratégie textuelle ? Quelles sont les stratégies textuelles mises en place par Guillaume Musso dans la construction du lecteur-modèle (1), dans la construction de l'énigme (2) ?

- Arthur Costello arrive-t-il à renaitre grâce à la malédiction de *24 Winds Lighthouse* ? Argumentez.
- Est-il possible d'être l'unique maitre de son destin ? Arthur Costello y arrive-t-il ? Argumentez.
- D'un point de vue philosophique, pouvons-nous considérer que les éléments existentialistes présents dans *L'instant présent* sont l'illustration parfaite des pensées sartriennes ? Au contraire, Arthur Costello est-il davantage l'exemple de l'existentialisme « exploré » par Albert Camus ?

POUR ALLER PLUS LOIN

ÉDITION DE RÉFÉRENCE

- Musso G., *L'instant présent*, Paris, XO Éditions, 2015.

ÉTUDES DE RÉFÉRENCE

- Eco U., *Lector in fabula*, Paris, Grasset Éditions, 1985.
- Sartre J.-P., *L'existentialisme est un humanisme*, Paris, Éditions Nagel, 1946.
- Todorov T., *Introduction à la littérature fantastique*, Paris, Seuil Éditions, 1970.

Votre avis nous intéresse !
Laissez un commentaire sur le site de votre librairie en ligne et partagez vos coups de cœur sur les réseaux sociaux !

www.lepetitlitteraire.fr

ISBN version numérique : 9782808026055
ISBN version papier : 9782808026062
Dépôt légal : D/2021/12603/143

Conception numérique : Primento,
le partenaire numérique des éditeurs.

www.ingramcontent.com/pod-product-compliance
Lightning Source LLC
LaVergne TN
LVHW052111160826
845678LV00015B/3497
* 9 7 8 2 8 0 8 0 2 6 0 6 2 *